그 애 집은 어디일까

그 애 집은 어디일까

최양선 소설 — 최경식 그림

낮은산

며칠 전만 해도 불이 켜져 있던 집들에 어둠이 파고들었다.

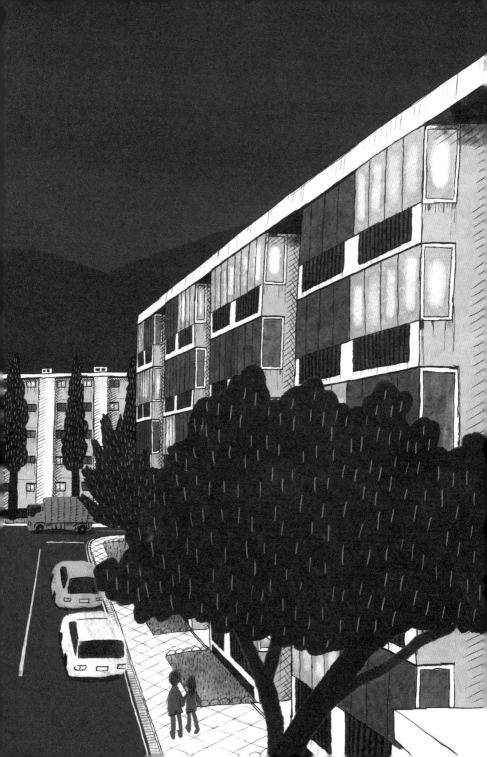

낮에는 빈집과 사람이 살고 있는 집을 구별할 수 없다. 밤이 되어야만 알 수 있는 일이다.

우리 집은 30년 된 주공 아파트다. 이 아파트는 곧 철거되고 새 아파트가 들어선다고 한다. 나는 밤 풍경을 보다가 아파트에 카메라 초점을 맞췄다. 다시는 불이 켜질 일 없는 경우네 집도 찰칵, 카메라에 담았다. 한 달 전 경우가 이사를 가며 내게 마지막으로 한 부탁이 귓속에서 맴돌았다.

"나 없어도 고양이들 사료랑 물은 꼭 챙겨 줘야 해."

나는 고개를 끄덕이며 꼭 그러겠다고 약속했다.

경우와 나는 엄마들 배 속에 있을 때부터 친구 사이였다. 엄마랑 경우 엄마는 같은 아파트에 사는 인연으로 친해져 자주 만났고, 같은 산부인과를 다녔다. 산후조리원도 같은 곳이었다. 엄마의 노트북에는 경우와 내가 나란히 붙어서 기어 다니는 사진부터 걸어 다니는 사진, 어린이집과 유치원에 가는 모습을 찍은 사진이 저장되어 있다. 우리는 중학교까지 같은 학교에 다녔다.

경우와 나는 일주일에 세 번 옆 동네에 있는 학원도 함께 다녔다. 옆 동네에는 유명한 학원이 많아서 우리 아파트에 사는 아이들은 대부분 그쪽으로 갔다. 교문 앞에서 우리를 기다리고 있던 버스를 타고 학원에 갔다가, 학원 수업을 마치면 그 버스를 타고 집으로 돌아왔다.

버스는 옆 동네를 먼저 돌고 난 뒤에 마지막으로 우리 아파트

단지에 도착했다. 아이들은 버스 안에서 휴대폰으로 동영상을 보거나 음악을 듣거나 메신저로 대화를 주고받았다. 경우는 늘 잠을 잤고, 나는 멍하니 창밖을 내다보았다. 종종 가방에서 카메라를 꺼내 잠든 경우와 뒤로 물러나는 듯한 창밖 풍경을 찍기도 했다. 버스에서 내려 아파트 단지 앞에 서면 사방이 조용했다. 우리는 그 시간을 가장 좋아했다.

중학생이 되면서 우리의 관심은 자꾸 익숙한 곳의 바깥으로 향
했다. 아파트 상가에도 빵집과 카페, 편의점이 있었지만 동네 어
른들과 애들이 자주 가는 곳이라 우리는 버스를 타고 옆 동네까

지 갔다. 옆 동네 상가는 화려했다. 그곳에서 옷과 화장품을 사고
스티커 사진도 찍고 코인 노래방에도 갔다. 우리는 들뜬 마음으로
하루 종일 거리를 쏘다녔다.

아파트 단지 안에서도 우리는 둘만의 비밀스러운 장소를 찾아 다녔다. 신기하게도 그런 곳은 이미 고양이들이 차지하고 있었다. 고양이들은 모두 색과 무늬가 미묘하게 달라서 자주 보다 보면 구별이 어렵지 않았다.

우리는 고양이들에게 이름을 지어 주었다. 검은 고양이는 간장이, 갈색 무늬가 많은 고양이는 쌈장이, 쌈장이보다 갈색 무늬가 적은 고양이는 된장이. 줄무늬가 노란 고양이는 두 마리였는데 색이 진한 정도에 따라 각각 참기름이, 들기름이로 불렀다.

우리가 가장 좋아하는 장소는 402동 뒤편의 작은 공터였다. 커다란 나무 아래 민트색 소파가 놓여 있었다. 소파 곳곳에 고양이가 발톱으로 긁은 흔적이 가득했고, 해진 천 사이로 솜뭉치와 고양이 털이 엉겨 붙어 있었다. 소파는 늘 참기름이 차지였다. 납대대한 얼굴에 심술 맞아 보이는 눈빛까지 참기름이는 다 귀여웠다.

우린 고양이들의 공간을 빌려 쓰는 대신 사료와 물을 챙겨 주기로 했다. 매일 아침 일찍 만나 아파트 곳곳에 사료와 물을 담은 그릇을 놓았다. 마지막 접선 장소는 언제나 402동 뒤편. 우리는 거기서 수다를 떨다 보도블록이 깔린 길을 달려 학교에 가곤 했다.

경우는 마지막까지 신신당부했다. 사람들이 하나둘 아파트를 떠나도 고양이들은 여전히 머물 거라고.

"소이야, 저녁 먹어."

노크 소리와 동시에 아빠 목소리가 들려왔다. 부엌에 가 보니 식탁 위에 밥그릇이 두 개밖에 없었다.

"엄마는?"

"방에. 생각 없대."

아빠는 반찬에는 손도 대지 않고 밥을 국에 말아서 단숨에 식사를 마쳤다. 그러고는 굳은 얼굴로 휴대폰만 들여다보았다. 엄마 아빠 사이에 무슨 일이 있는 게 분명했다. 가끔 있는 일이었다. 대부분 사소한 이유였고, 하루 이틀 지나면 평소대로 돌아왔다.

문득 고양이 사료가 거의 떨어졌다는 사실이 떠올랐다. 오늘 밤에 사 두지 않으면 내일 아침에 밥을 챙겨 줄 수 없다. 나는 아빠처럼 밥을 국에 말아 먹고, 지갑을 챙겨 밖으로 나갔다.

현관을 나서며 카메라를 살펴보았다. 지난 2월, 열다섯 살 생일 선물로 엄마 아빠에게 받은 것이다. 1학년 때 사진 수업을 들었는데, 뭔가를 찰칵 찍는 순간이 재미있었다. 언젠가 엄마에게 무심코 그 얘기를 했더니 생일 선물로 카메라를 사 주었다. 막상 카메라가 생기자 무엇을 찍어야 할지 몰라 한동안 책상 위에 올려놓고 방치하다시피 했다. 엄마가 그럴 거면 도로 가져가겠다고 한 뒤부터는 늘 가방에 넣고 다녔다.

슈퍼가 있는 아파트 정문 쪽으로 천천히 걸었다. 단지 안의 나무들은 크고 울창했다. 정문 양쪽 길가에 둥치 굵은 벚나무들이 줄지어 서 있었다. 봄에는 사방으로 분홍 꽃이 피었고, 꽃이 지면 연둣빛 이파리가 점점 무성해지다 아치처럼 그늘을 드리웠다. 여름이 시작될 무렵에는 버찌가 열렸고 버찌가 떨어지면 바닥에 까만 물이 들곤 했다.

카메라를 켜고 지난 4월에 찍은 사진을 한 장씩 넘겨 보았다. 엄마 아빠가 다정하게 손을 잡고 있는 사진이 나왔다. 그날 엄마 아빠와 나는 아이스크림을 하나씩 먹으며 정문 앞 벚꽃 길을 걸었다. 엄마의 시선은 꽃에서 떨어질 줄 몰랐고, 아빠는 그런 엄마를 따뜻한 눈으로 바라보았다. 꼭 영화 속 주인공들 같았다. 도대체 저런 표정이 어디에 숨어 있었을까.

엄마 아빠를 하염없이 지켜보다 나는 시간을 거꾸로 돌리듯 뒤로 물러섰다. 엄마 아빠는 점점 멀어졌다. 분명 우리 셋은 같은 시공간에 있는데, 그 순간 나는 내가 없던 과거의 어느 한 시기를 감상하는 기분이 들었다. 손을 잡고 걸어가는 엄마 아빠의 뒷모습을 카메라에 담았다. 그때부터였다. 순간의 장면을 간직하고 싶은 마음이 더 간절해진 것은.

하늘을 쳐다보았다. 며칠 전만 해도 둥글게 차올라 있던 달이 눈썹처럼 가늘어져 있었다.

"달……."

허공에 가볍게 혼잣말을 내뱉는 순간, 줄무늬 티셔츠를 입고 있던 남자애가 떠올랐다. 슈퍼에서 사료를 사서 나온 뒤에도 그 생각이 머릿속에서 떠나지 않았다. 결국 402동 쪽으로 발걸음을 옮겼다. 소파 옆에 쪼그려 앉아 그 애를 처음 만난 날을 떠올렸다.

경우가 이사 간 뒤 처음으로 혼자 학원 버스를 타고 집으로 돌아온 밤. 무심코 하늘을 쳐다보다 나뭇가지 사이에 숨은 초승달을 발견했다. 달을 좀 더 보고 싶었다. 여린 달빛을 보기 위해서는 깊은 어둠이 필요했다. 그래서 찾은 곳이 402동 뒤편이었다. 그곳은 아침이면 햇살이 환히 비치며 초록빛 생기가 가득했지만 밤에는 전혀 다른 색을 띠었다. 그 어둠 속에 한 아이가 앉아 있었다.

설마 경우일까 하고 다가갔는데 가까이서 보니 내 또래 남자아이였다. 돌아가려다 문득 내가 피할 이유가 없다는 생각이 들었다. 그래도 가까이 있는 건 불편해서 몇 걸음 떨어진 곳에 자리를 잡았다. 그 애와 나는 거리를 둔 채 각자의 어둠 속에 고요히 앉아 있었다. 사방에서 들려오는 맑은 풀벌레 소리와 바람에 흔들리는 미세한 나뭇잎 소리가 낯선 아이와의 시간을 어색하지 않게 해 주었다.

시간이 얼마나 흘렀을까. 살갗에 닿는 바람이 쌀쌀해 집으로 돌아가려는데 그 애가 말을 붙였다.

"네가 날마다 여기에 고양이 사료랑 물을 놓았지?"

나는 그 애 쪽으로 고개를 돌렸다.

"그걸 어떻게 알아?"

"본 적 있으니까. 한 명 더 있었던 것 같은데."

경우를 말하는 것 같아 이사 갔다고 알려 주었다.

"아, 그래?"

말투에서 서운함이 느껴졌다.

"너도 이사 가?"

"응."

"언제?"

"한 달 뒤쯤. 하지만 돌아오고 싶어. 새 아파트가 지어지면."

그 앤 말이 없었다. 입을 다물고 있는 모습이 자꾸 신경 쓰였다.

"다시 돌아오는 사람들…… 많아?"

그러기를 기대하는 목소리였다. 언젠가 흘려들었던 어른들 대화가 떠올랐다. 이유는 모르겠지만, 돌아올 거라 믿는 경우는 거의 없는 듯했다. 나는 설명할 방법을 찾지 못해 모른다는 말로 대충 얼버무렸다.

"그런데 넌 이 밤에 여기 왜 온 거야?"

그 물음에 저절로 옅은 한숨이 나왔다. 나는 왜 이곳을 찾았을까. 나의 시간은 언제나 경우와 반씩 나누었는데, 경우가 떠나고 나니 시간이 늘어난 느낌이 들었다. 혼자 감당하기에 벅찰 정도로. 하지만 낯선 아이에게 속마음을 털어놓고 싶진 않았다.

이상하게도 카메라를 쥔 양손에 힘이 들어갔다. 어째서였을까, 그 순간을 간직하고 싶다는 생각이 든 것은. 그러나 셔터를 누를 용기가 나지 않았다. 나는 가야 한다는 말을 남기고 서둘러 일어났다.

그 애를 두 번째 만난 건 2주쯤 뒤였다. 그날 밤에도 학원 버스에서 내려 곧장 402동으로 향했다. 쌀쌀한 밤기운이 몸 깊숙이 퍼졌다. 소란스러운 풀벌레 소리 사이사이, 낯선 발자국 소리가 들렸다. 고개를 돌리자 누군가가 다가오는 게 느껴졌다. 자세히 보니 그 애였다.

"안녕?"

"안녕."

우리는 조심스레 인사를 주고받았다. 그다음엔 무슨 말을 해야 할지 몰라 잠자코 있었다.

달을 보려고 고개를 들었을 때, 허공에서 반짝이는 두 눈과 마주쳤다.

"악!"

놀라서 소리를 지르고 말았다. 고양이가 후닥닥 나무에서 내려와 어둠 속으로 사라졌다. 그 애는 뭐가 재미있는지 깔깔 소리 내며 웃었다.

"고양이가 무서워?"

"무서운 게 아니라 놀란 거야."

"아마 뭔가를 발견하고는 나무 위로
올라갔을 거야."

그 애는 웃음기 묻은 목소리로 말했다.

"나무 위에 있는 고양이는 처음 봐."

"고양이들은 밤이 되면 활발해져. 밤은
고양이들의 시간이니까."

그 애는 자랑하듯 말했다. 이상하게 지고 싶지 않았다.

"나도 이 아파트에 사는 고양이들 많이
알아."

나는 경우와 함께 이름을 지어 준 고양이들
에 대해 말했다.

"하얀 털 고양이는 모르는 것 같은데?"

"그런 고양이가 있어?"

"하긴, 걔는 보기 어려웠을 거야. 걔가 좋아하는 길이
따로 있으니까."

"어딘데?"

"405동 옆 담벼락. 수풀에 가려져 있어서 잘 보이지 않지만 어른 손바닥만 한 구멍이 있어."

"정말? 넌 그런 걸 어떻게 알아?"

그 애는 말없이 웃기만 했다. 그 미소가 비밀스러워 보였다.

"하얀 고양이, 언제 볼 수 있는지 알아?"

"지금은 없어."

"왜?"

"무지개다리를 건넜으니까."

그 말이 무엇을 뜻하는지 알고 있었다.

"불쌍해라. 어쩌다?"

"길을 건너다, 차에."

그 애는 양 주먹을 꼭 쥐었다.

"그 담벼락에 다른 것도 있어."

그 애는 분위기를 바꾸려는 듯 밝은 목소리로 말했다.

"낙서."

"낙서?"

"두 사람이 계속 주고받은 말 같았어. 둘만의 비밀이라고 할까?"

"누가 쓴 건데?"

"몰라. 우연히 보게 된 거야. 궁금하면 직접 확인해 봐."

그 애는 내가 잘 모르는 아파트 사람들 이야기를 들려주었다. 헌 옷 수거함을 매일 뒤지는 401동 오빠에 대해. 밤마다 403동 앞뜰에 물건을 파묻는다는 할머니에 대해.

그 뒤로 나는 아파트를 오가는 틈틈이 그 애가 말한 장소를 찾아다녔다. 405동 뒤쪽에 가 보니 담벼락에 그 애가 말한 구멍이 있었다. 낙서 얘기도 진짜였다. 보고 싶다, 좋아한다, 사랑한다는 말들이 있었다. 읽는데 몸이 간지러웠다.

낙서 밑에 쓰인 날짜는 2011년에서 쭉 이어지다 2012년 10월 14일에 멈춰 있었다. 둘이 헤어진 건가.

헌 옷 수거함을 뒤진다는 401동 오빠에 대해서는 엄마에게 물어보았다. 아파트 상가 수선집 아주머니의 아들이라고 했다. 헌 옷 수거함에서 옷을 가져다가 리폼해 입는다고. 생각해 보니 언젠가 그 오빠를 본 적이 있었다. 나 같은 사람은 도저히 소화할 수 없는 독특한 디자인의 옷을 입고 있었다. 분명 개성은 있어 보였다.

제일 궁금한 건 403동 할머니였다. 물건을 땅에 파묻는 장면을 보고 싶어 며칠이나 기웃거렸지만 만나지 못했다. 어느 날은 403동 앞뜰을 슬쩍 파 보기도 했다. 정말 엄청나게 많은 물건이 나왔다. 밥그릇, 주걱, 손거울, 실타래…… 그리고 사진 한 장. 물건들을 전부 카메라로 찍었다.

사진에 묻은 흙을 휴지로 살살 털어 냈다. 끝이 해지고 구겨진 사진에는 세 사람이 푸른 바다를 배경으로 서 있었다. 바다는 깊고 맑아 보였다. 사람들 표정은 잘 보이지 않았지만 다 같이 손을 잡고 있었다. 분명 웃고 있었을 것이다.

할머니의 젊은 시절 사진일까. 친구들과 바다를 보러 간 걸까. 아니면 가족 여행? 할머니는 어째서 물건들과 사진을 땅속에 묻은 걸까. 그것도 캄캄한 밤에. 나는 사진과 물건들을 다시 제자리에 묻어 두었다. 왠지 그래야 할 것 같았다.

일주일 내내 아침저녁으로 403동을 찾았지만 끝내 할머니를 볼 수 없었다.

그날 이후 나는 그동안 별 관심을 두지 않았던 아파트 곳곳을 살피며 다녔다. 어딘가 숨어 있는 보물을 찾으려는 듯이. 경우가 없는 시간은 그렇게 채워져 갔다. 내가 알지 못하는, 하지만 이 아파트 단지에 존재하는 이야기들로.

어떤 날에는 이유를 알 수 없이 쓸쓸한 기분이 밀려들었다. 쓸쓸함 끝에는 언제나 그 애가 떠올랐다. 402동 공터에 나가 앉아 있기도 했다. 시간이 한참 흘렀지만 그 애는 오지 않았다.

부엌에서 엄마 아빠 목소리가 들려왔다. 엄마는 무리를 해서라도 새로 짓는 아파트에서 살아야 한다고 했다. 아빠는 꼭 그래야 하느냐고 되물었다. 그걸 몰라서 묻느냐는 엄마 목소리가 조금 커졌다. 잠시 뒤, 아빠가 입을 열었다. 그러려면 은행에서 큰돈을 빌려야 하는데, 그건 무리라고. 엄마는 그렇게 해서라도 새 아파트에 살고 싶다고 했다. 나는 잠자코 듣고 있었다. 엄마 아빠가 내 쪽으로 동시에 고개를 돌렸다. 엄마 눈빛이 냉랭했다.

"들어가서 공부할게."

눈치껏 말을 흘리고 얼른 방으로 들어왔다.

이상한 기분에 휩싸였다. 우리가 살던 곳으로 다시 돌아오는 게 엄마 아빠 사이가 벌어질 만큼 복잡하고 어려운 일인가. 우리 가족은 어디로 가게 되는 걸까. 옷을 갈아입고 침대에 누웠지만 잠이 오지 않았다.

학교 수업이 끝난 뒤 곧장 집으로 왔다. 평소보다 일찍 퇴근한 엄마는 방으로 들어가서는 나오지 않았다. 집 안 공기가 가라앉아 있었다.

창문을 열었다. 하루가 다르게 밤공기가 쌀쌀해졌다. 띄엄띄엄 불빛을 내고 있는 아파트 단지를 훑어보았다. 달은 며칠 전보다 더 가늘어져 위태로워 보이기까지 했다. 알 수 없는 이유로 마음이 두근거렸다. 카메라를 들고 방문을 열자 어둡고 텅 빈 거실이 보였다. 짧은 어둠을 빠르게 지나 집 밖으로 나왔다.

402동 뒤편에 그 애가 있었다. 반가움과 안도감에 발걸음이 빨라졌다.

"안녕?"

"안녕."

지난번처럼 그 애와 나는 같은 자리에 앉았다. 우린 둘 다 조용했다. 내가 먼저 말했다.

"네가 말한 데 다 가 봤어. 정말 네 말대로더라. 구멍, 낙서, 헌 옷, 또 땅속에 있던 물건들……."

"정말?"

나는 그동안 있었던 이야기를 들려주었다. 그리고 마지막으로 할머니 얘기를 꺼냈다.

"할머니는 끝내 못 봤어."

"그 할머니도 떠났어."

"딴 데로 이사 가신 거야?"

"뭐, 비슷해."

나는 고개를 끄덕였다.

"내가 알기론 저것도 그 할머니네 거야."

그 애가 민트색 소파를 가리키며 말했다.

"진짜? 저 소파 되게 오래된 건데. 나 초등학교 4학년 땐가? 그때도 있었어. 참기름이라고, 여기 자주 오는 고양이가 있는데 늘 저기 앉아서 털을 정리하고 자거든."

그 애는 아무 말 없이 희미하게 웃기만 했다.

"사실 친구가 이사 가고 마음이 좀 그랬는데, 네가 말해 준 데 찾아다니면서 기분이 괜찮아졌어. 좀 이상하기도 했지만……."

"이상하다니? 나빴다는 거야?"

"아니, 그런 거랑은 달라. 뭔가 좀……. 에이, 모르겠다."

나는 발로 바닥을 툭툭 찼다.

"너한테 말 안 한 데가 한 군데 더 있는데."

"어딘데?"

"궁금해?"

"당연하지."

"가 보자."

"지금?"

"응."

그 애는 자리에서 벌떡 일어나 앞장서 걸었다. 그 애가 걸음을 멈춘 곳은 403동 앞이었다. 고개를 들어 올려다보니 4층과 5층에만 불이 켜져 있고 나머지 집들은 모두 어두웠다.

"따라와."

그 애는 403동 안으로 들어섰다. 그러고는 곧장 101호 현관문 손잡이를 돌렸다. 물론 잠겨 있었다. 다시 밖으로 나가더니 내게 손짓을 했다. 그 애가 101호 베란다에 가볍게 올라서 문을 열었다. 조금 겁이 났다.

"들어가도 괜찮은 거야?"

"걱정 마. 무서운 거 없으니까."

우리는 조심히 집 안으로 들어갔다. 어두웠지만 우리 집과 구조가 같아 방과 부엌의 위치를 금세 알 수 있었다. 그 애가 방문을 열었다. 창문이 손바닥 넓이만큼 열려 있었다. 그 사이로 쌀쌀한 바람이 드나들었다. 방 한쪽에 민트색 소파가 놓여 있었다. 그 애가 먼저 소파에 자리를 잡았다. 나도 조심스레 그 옆에 앉았다. 그 애가 창문을 향해 휘파람을 불었다.

그때였다. 창틈으로 고양이들이 한 마리씩 들어오기 시작하더니 타닥타닥, 타닥타닥 가벼운 발소리가 이어졌다. 나는 그 광경을 숨죽인 채 바라보기만 했다. 어두워서 고양이들 무늬가 자세히 보이지는 않았다. 그 애가 다시 한번 휘파람을 불었다. 방 안에 흩어져 있던 고양이들이 눈을 깜박였다. 고양이식 눈인사였다. 사방에서 고양이 눈이 반짝였다. 크리스마스트리에 달린 전구에 불이 들어오는 것 같았다.

"우리도 하자."

그 애 말에 나도 고양이들을 향해 두 눈을 깜박였다. 고양이들이 한곳으로 모여들었다. 순식간에 빛무리가 만들어졌다. 빛무리는 하늘에 떠다니는 구름처럼, 서서히 밀려오는 파도처럼 부드럽

게 움직였다. 나는 넋을 놓은 채 빛을 따라 눈을 굴리다 그 애 쪽으로 고개를 돌렸다. 그 애 두 눈이 고양이 눈빛처럼 반짝였다.

"너무 예쁘지?"

나는 그렇다고 대답했다.

아파트가 철거되면 고양이들은 어떻게 되는 걸까.

"아파트 철거하기 전에 고양이들도 떠나야 할 텐데."

그 애가 내 쪽으로 고개를 돌리더니 입을 열었다.

"고양이들은 자기들이 살던 곳을 벗어나지 않아."

"건물이 다 부서질 텐데. 그러다가⋯⋯."

생각만으로도 끔찍했다. 그때 그 애가 창밖을 보며 속삭였다.

"어, 경비 아저씨 발소리야. 나가자."

그 애가 다시 휘파람을 불었다. 고양이들이 타닥타닥, 재빨리 창밖으로 빠져나갔다. 아쉬웠지만 어쩔 수 없었다. 우리도 조심조심 밖으로 나왔다. 멀리 손전등 불빛이 보였다.

"거기, 누구예요!"

경비 아저씨였다. 우리는 도망치듯 뛰기 시작했다.

공터로 돌아온 뒤에도 심장이 터질 것처럼 두근거렸다. 가쁜 숨을 몰아쉬면서도 자꾸만 웃음이 새어 나왔다. 우리는 계속 깔깔대며 웃었다. 천천히 웃음이 잦아들고, 세상이 조용해졌다.

"고마워."

그 애 목소리가 불쑥, 바람과 함께 내게 스며들었다. 나는 가슴에 손을 얹었다. 심장박동이 손바닥에 느껴질 정도로 쿵쾅거리며 뛰었다. 우리는 서로 마주 보았다. 분명 웃고 있는데 어째서 쓸쓸한 느낌이 드는 걸까. 그 순간 그 애에게 하고 싶은 말들이 차오르기 시작했다.

휴대폰 벨소리가 울렸다. 엄마였다. 전화를 받자 엄마는 말도 없이 나가면 어떡하냐며 나무랐다.

"잠깐 나왔어. 단지 안이야. 들어갈게."

전화를 끊었다.

"잘 가."

그 애가 먼저 인사를 건넸다.

"넌?"

"여기 좀 더 있고 싶어."

나는 그 애를 뒤로하고 공터를 빠져나왔다. 조도가 낮은 가로등이 머리 위를 비췄다.

뒤를 돌아보니 그 애는 여전히 같은 자리에 서 있었다. 어두워서 흐릿하게 보이긴 했지만 괜찮았다. 나는 카메라를 들어 그 애에게 초점을 맞추고, 조심스레 셔터를 눌렀다.

평범한 날들이 흘렀다. 특별한 일이 일어나길 바라지만 아무 일도 생기지 않는 날들. 이사를 가는 집은 평일에도 많았다. 나는 가끔씩 그 애를 생각했고, 반짝이는 고양이 눈빛을 마주한 그 밤을 떠올렸다.

매일 밤 402동 뒤를 찾았다. 403동에도 가 보았다. 불이 켜져 있던 두 집도 이사를 갔는지 내내 캄캄했다. 공동 현관문에는 자물쇠가 채워져 있었다. 그러고 보니 그 애에 대해 아는 게 하나도 없었다. 이름도 학교도 나이도⋯⋯. 함께 있을 때는 그런 것들이 궁금하지 않았다. 분명 9월의 어느 날이었는데, 시간을 가늠할 수 없는 어느 순간에 머물러 있던 것 같았다.

어느 날 학교 수업이 끝나고 집으로 가던 길에 이삿짐을 옮기는 집 쪽을 무심결에 쳐다봤다. 트럭 옆에 줄무늬 티셔츠를 입은 남자애가 서 있었다. 나도 모르게 그 애를 향해 달려갔다.

"너……."

낯선 아이가 당황한 표정으로 나를 쳐다보았다.

"미안, 아는 앤 줄 알고……."

나는 곧장 몸을 돌려 집으로 향했다.

창문을 열었다. 둥근 달이 하늘에 떠 있었다. 그 애를 만나고 싶었다. 엄마 아빠가 나란히 앉아 포도를 먹고 있었다.

"소이야, 포도 먹어."

아빠가 손짓했다.

"나 샤프심 사러 가야 돼."

거짓말을 하고 말았다. 현관에서 신발을 신는데 엄마 목소리가 들려왔다.

"소이야, 그거 결정했어. 이사 가는 거. 여기 새 아파트……."

"엄마, 나 지금 바빠. 갔다 와서 들을게."

나는 얼른 밖으로 뛰어나와 버렸다.

민트색 소파 옆에 앉아 길가 쪽을 하염없이 바라보았다. 잠시 뒤 부스럭거리는 소리가 들렸다. 그 애일까 싶었는데, 고양이 한 마리가 꼬리를 바짝 세운 채 사뿐사뿐 다가오고 있었다. 참기름이였다.

참기름이는 사료와 물을 먹고 민트색 소파 위로 가볍게 뛰어올랐다.

"참기름아, 안녕?"

고양이가 내 쪽으로 고개를 돌렸다.

"야옹."

참기름이는 겨우 한마디 하더니, 경계도 친근함도 없이 식빵 모양으로 자리를 잡았다.

"네가 갠 줄 알았어. 나, 순간 가슴이 철렁했다니까."

"야옹."

참기름이는 나를 지그시 바라보았다. 그 애는 아니었지만 곁에 누군가가 있는 것만으로도 좋았다. 나는 엉덩이를 옆으로 밀며 곁으로 다가갔다.

"참기름아, 여기서 어떤 애를 만났거든. 처음 본 애인데도 이상하게 마음이 편해서 얘기도 많이 했어. 재미있는 얘기도 듣고 또 빈집에 몰래 숨어들어서……. 아, 맞다. 그날 고양이 무리 속에 너도 있었어? 아무튼 그 애가 헤어지기 전에 고맙다고 했거든. 아무리 생각해도 이유를 모르겠는 거야. 고마운 건 오히려 난데. 내 시간을 함께해 줘서. 그 애도 누군가와 시간을 나누고 싶었을까? 그래서 고맙다고 한 건가? 나도 말해 주고 싶은데. 고맙다고. 참기름아, 나 그 애…… 다시 볼 수 있을까?"

"야옹."

참기름이는 까만 눈동자로 내 눈을 뚫어져라 쳐다보았다. 그 눈빛이 너무 예뻐 심장이 두근거렸다. 나는 참기름이를 향해 카메라를 들고 셔터를 눌렀다. 이사 가면 참기름이와도 안녕일 테지. 그러자 그 애 말이 떠올랐다. 고양이들은 자기들이 살던 곳을 떠나지 않는다는 말. 마음이 또다시 이상해졌다.

"참기름아, 나 곧 이사 가. 사료도 물도 못 챙겨 줘. 그러니까 너, 다른 고양이들이랑 같이 떠나. 좋은 사람들 있는 데로. 알았지? 꼭이야."

참기름이는 귀찮다는 듯 두 눈을 감아 버렸다. 나는 다시 길가 쪽을 바라보며 그 애가 다가오는 모습을 상상했다. 그사이 어두웠던 몇몇 집에 불이 켜졌다. 그날 밤, 그 애와 함께 본 고양이들 눈빛이 떠올랐다. 나는 불 켜진 집을 향해 카메라 초점을 맞추며 생각했다.

그 애 집은 어디일까.

몇 해 전 서울기록원에서 재건축이 진행되고 있는 둔촌동 주공 아파트에 관련된 다양한 기록물들을 본 적이 있다. 그중 내 마음을 사로잡은 것은 아파트 단지 안에서 살았던 고양이들이 주인공인 책이었다. 책장을 넘기며 그림을 보다가 소파에 앉아서 편안히 쉬고 있던 줄무늬 고양이에게 눈길이 갔다.

그 당시 내가 살았던 집의 좁은 뒷마당에는 고양이 가족이 살고 있었다. 엄마인 검은 고양이와 검은색과 갈색이 섞인 아기 고양이 두 마리에 아빠로 추정되는 노란 줄무늬 수컷 고양이가 간간이 찾아와 함께 어울리곤 했다. 작은 아이가 고양이 가족에게 이름을 지어 주었는데, 간장이, 된장이, 쌈장이, 기름이였다.

이 이야기는, 그 고양이들로부터 시작되었다.

    시간이 흐르면 건물은 낡고, 언젠가는 부수고 다시 지어야 한다. 사람이 살지 않는 허름한 곳에도, 세상의 변화와 무관하게 떠나지 못하는 존재들이 있다. 그들을 잊지 않고 기억해 주는 세상이 되면 좋겠다.

    그림을 예쁘게 그려 주신 최경식 작가님께 감사함을 전한다. 마지막으로 우리 집 고양이, 고등어 줄무늬 까뮈에게 언제까지나 사랑한다는 말을 하고 싶다.

온기가 필요한 12월

최양선

천천히
|읽는
짧은
|소설 **02**

그 애 집은 어디일까

2021년 12월 10일 처음 찍음

글쓴이 최양선 | 그린이 최경식

펴낸곳 도서출판 낮은산 | **펴낸이** 정광호 | **편집** 조진령 | **디자인** 하늘 · 민 | **제작** 정호영

출판 등록 2000년 7월 19일 제10-2015호 | **주소** 04048 서울시 마포구 어울마당로5길 16 반석빌딩 3층

전화 02-335-7365(편집), 02-335-7362(영업) | **팩스** 02-335-7380

홈페이지 www.littlemt.com | **이메일** littlemt2001ch@gmail.com | **트위터** @littlemt2001hr

제판 · 인쇄 · 제본 상지사 P&B

ⓒ 최양선, 최경식 2021

ISBN 979-11-5525-148-5 43810